スポーツのおはなし 野球《やきゅう》

ぼくだけのファインプレー

あさのあつこ 作
黒須高嶺《くろすたかね》 絵

講談社

ピッチャーが大《おお》きく振《ふ》りかぶる。
ぼくはバットをにぎる手《て》に少《すこ》し力《ちから》を入《い》れた。全力《ぜんりょく》でにぎるのは、まだ早《はや》い。
力《りき》むな。力《りき》みすぎると身体《からだ》が思《おも》うように動《うご》かなくなるぞ。
父《とう》さんから何度《なんど》も言《い》われた。
ボールがむかってくる。
力《ちから》をこめる。バットを強《つよ》くにぎりこむ。

手《て》ごたえがあった。手《て》のひらを風《かぜ》が抜《ぬ》けていくような感《かん》じがする。打《う》ちそこなったときみたいな、重《おも》くしびれる感《かん》じじゃない。まるでちがう。

気持《きも》ちがいい。

ボールが空《そら》にむかって高《たか》くあがっていく。

ライトの頭上《ずじょう》をこえて、遠《とお》くに飛《と》んでいく。

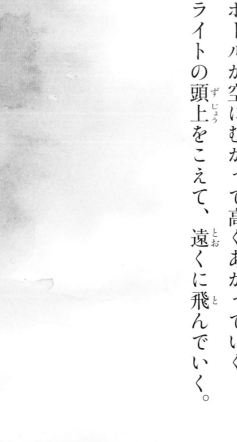

花崎公園《はなさきこうえん》の交差点《こうさてん》が見《み》えてきた。

横断歩道《おうだんほどう》をわたって少《すこ》し歩《ある》くと『きたざわベーカリー』がある。

そこで、圭太《けいた》とはお別《わか》れだ。『きたざわベーカリー』はぼくの家《いえ》で、ふつうのパンのほかにクッキーやシュークリームなんかも売《う》っている。ベーグルやマフィンもある。みんな、ぼくの父《とう》さんが作《つく》る。

「うーん、いいにおいがする。」

圭太《けいた》が鼻《はな》をひくひく動《うご》かす。それから、ほうっと息《いき》をはきだした。

「球真《きゅうま》の家《いえ》のにおいだな。」

ぼくも鼻《はな》の穴《あな》をふくらませる。

いいにおいだ。ぼくには、なじみのにおいだった。

焼《や》きたてのパンのにおい。

風《かぜ》にのって、交差点《こうさてん》の手前《てまえ》までただよってくる。

今《いま》は午後《ごご》四時《じ》。食《しょく》パンとマフィンが焼《や》きあがるころだ。五時《じ》をすぎるとお客《きゃく》さんが、どっとやってくる。女《おんな》の人《ひと》が多《おお》い。明日《あした》の朝食用《ちょうしょくよう》にと、食《しょく》パンを買《か》って帰《かえ》るのだ。焼《や》きあがったばかりのマフィンが目《め》あての人《ひと》もたくさん来《く》るみたいだ。

「わぁ、おいしそう。家《いえ》までがまんできないわ。」

なんて、店《みせ》の奥《おく》にあるカフェコーナーでマフィンとコーヒーのセットを注文《ちゅうもん》するお客《きゃく》さんもけっこういる。

今日《きょう》は土曜日《どようび》なので家族連《かぞくづ》れが多《おお》くなる。だから、いつもよりマフィンを多《おお》めに焼《や》いたはずだ。だから、甘《あま》いにおいが少《すこ》しだけ強《つよ》い。

昼間《ひるま》はサンドイッチやハンバーガーといった調理《ちょうり》パンがよく売《う》れるみたいだ。とくに、ベーグルサンドとミニバーガーは人気《にんき》があって、平日《へいじつ》でも土曜日《どようび》でも、店《みせ》にならべると、たいてい一時間以内《じかんいない》に売《う》りきれてしまう。

「よく売《う》れるんだったら、もっとたくさん作《つく》ればいいのに。」

いつだったか、父《とう》さんに言《い》ったことがある。父《とう》さんは、いやいやと頭《あたま》を横《よこ》に振《ふ》った。

「ベーグルもバーガーも手作《てづく》りだからな。一《ひと》つ一《ひと》つ、ていねいに作《つく》っていくんだ。ぜったいに手《て》を抜《ぬ》いたりしない。いそいで、たくさん作《つく》れば、どうしても手抜《てぬ》きができてしまう。そんなパンを売《う》るわけにはいかないだろう。ていねいに作《つく》るから、おいしいんだ。」

そう言《い》った。言《い》ってから、にやりと笑《わら》った。

「と、じいちゃんに言《い》われたんだ。」

「え、そうなんだ。じゃあ、父《とう》さんも……。」

「ああ、この店《みせ》を継《つ》いだころだけどな。人気《にんき》の調理《ちょうり》パンをもっとたくさん作《つく》ろう、そのために調理用《ちょうりよう》の機械《きかい》を入《い》れよう、って言《い》ったんだ。そしたら、じいちゃんが。」

「一《ひと》つ一《ひと》つ、ていねいに
作《つく》るからおいしいんだって、
言《い》ったんだね。」

「そのとおり。そのときは、ガンコ者《もの》めって腹《はら》が立《た》ったけど、ずっとパン屋《や》をやっていると、じいちゃんが正《ただ》しかったって、よくわかった。一度《いちど》にたくさん作《つく》ったのでは、出《だ》せない味《あじ》ってのがあるんだな。パンの風味《ふうみ》がちがうんだ。」

そこで、父《とう》さんはまた、笑《わら》った。目《め》を細《ほそ》め、にっと歯《は》を見《み》せる笑《わら》い方《かた》だ。

あ、じいちゃんと同《おな》じ笑《わら》い顔《がお》だ。

ぼくは思《おも》った。

じいちゃんは『きたざわベーカリー』の二代目《だいめ》だった。アンパンとかクリームパンしかなくて、まだ『北沢菓子店《きたざわかしてん》』だった店《みせ》を本格的《ほんかくてき》なベーカリーにかえた人《ひと》だ。じいちゃんが若《わか》いころ、〝昭和《しょうわ》〟とかいう時代《じだい》のことだとか。何十年《なんじゅうねん》も昔《むかし》だ。そのころ、ベーグルとかマフィンなんてめずらしくて、地元《じもと》のテレビ局《きょく》が取材《しゅざい》に来《き》たりしたらしい。

じいちゃんは……今年《ことし》の春《はる》、亡《な》くなった。ぼくが四年生《ねんせい》になったばかりの日《ひ》、始業式《しぎょうしき》の日《ひ》だった。夜《よる》七時《じ》、お店《みせ》を閉《し》めたすぐ後《あと》に倒《たお》れて、病院《びょういん》に運《はこ》ばれた。眠《ねむ》ったまま一週間後《しゅうかんご》に、息《いき》をひきとったのだ。

父《とう》さんは大泣《おおな》きした。あんなに涙《なみだ》をこぼす父《とう》さんを見《み》たのははじめてだ。亡《な》くなるちょっと前《まえ》、ふっと目《め》を開《あ》けたじいちゃんは、そばについていた母《かあ》さんに笑《わら》いかけたそうだ。そして、

「香菜《かな》さん（母《かあ》さんの名前《なまえ》だ）、いろいろありがとうな。世《せ》話《わ》になったなあ。ばあさんが迎《むか》えに来《き》てくれるから、なにも心配《しんぱい》せんでええからな。」
と言《い》いのこして、目《め》を閉《と》じ、二度《にど》と開《あ》けなかった。
その話《はなし》を
母《かあ》さんから聞《き》いて、
父《とう》さんはさらに泣《な》いた。

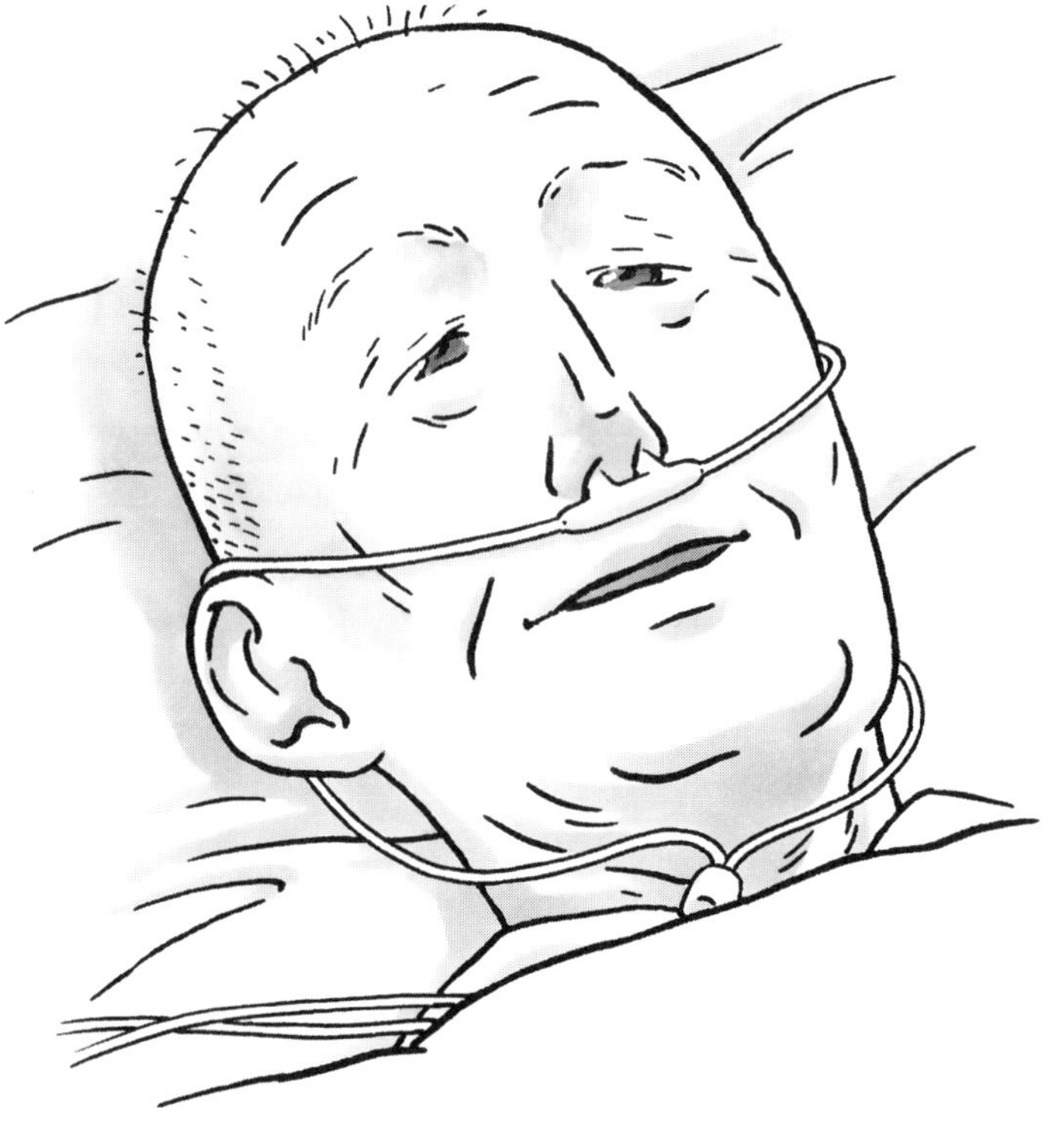

父《とう》さんは小学生《しょうがくせい》のときからずっと野球《やきゅう》の選手《せんしゅ》だった。中学《ちゅうがく》のとき全国大会《ぜんこくたいかい》で優勝《ゆうしょう》し、世界大会《せかいたいかい》にも出場《しゅつじょう》したことがある。甲子園《こうしえん》こそ行《い》けなかったが、高校時代《こうこうじだい》も野球一筋《やきゅうひとすじ》でプロ野球《やきゅう》を本気《ほんき》で目指《めざ》していたらしい。目指《めざ》してもおかしくないほど実力《じつりょく》のある選手《せんしゅ》だったのだ。でも、高校《こうこう》三年生《ねんせい》のとき腰《こし》をいためて、野球《やきゅう》をあきらめた。

『きたざわベーカリー』の三代目《だいめ》になってから、もう二十年《ねん》近《ちか》い時《とき》がたったが、父《とう》さんはがっちりとした、いかにもスポーツマンという身体《からだ》つきをしている。顔《かお》もしっかり日《ひ》に焼《や》けたままだ。これは、今《いま》でも草野球《くさやきゅう》を楽《たの》しんでいるからだろうけれど。ぼくにボールのにぎり方《かた》やバットの振《ふ》り方《かた》を教《おし》えてくれたのは父《とう》さんだ。今《いま》でもキャッチボールの相手《あいて》をしたり、ランニングにつきあってくれる。「球真《きゅうま》が野球《やきゅう》をしてくれるのが、父《とう》さんはうれしいのよ。」と母《かあ》さんに言《い》われた。野球《やきゅう》をしているだけで、親孝行《おやこうこう》なんだって。

ともかく、パン屋《や》の白衣《はくい》や白《しろ》いキャップがにあわないほど、父《とう》さんはたくましい。

その父《とう》さんが、
子《こ》どものように泣《な》いた。
ぽたぽたと涙《なみだ》をこぼした。
もう半年以上《はんとしいじょう》がすぎたのに、季節《きせつ》も春《はる》から秋《あき》へとかわったのに、あの父《とう》さんの泣《な》き顔《がお》はまだ、ぼくの頭《あたま》の中《なか》にはりついている。じいちゃんの、眠《ねむ》っているようなしずかな死《し》に顔《がお》も、忘《わす》れていない。

「おい、球真《きゅうま》。」

圭太《けいた》がぼくの背中《せなか》をとんとたたいた。

「なに、ぼんやりしてんだ？」

「え？　ぼんやりなんかしてないけど。」

「してるじゃないかよ。さっきから二回《かい》も呼《よ》んだのに、返事《へんじ》しないし。」

圭太《けいた》のくちびるがつんととがる。これは圭太《けいた》のクセで、べつに腹《はら》をたてているわけじゃない。

圭太《けいた》とは幼稚園《ようちえん》のときからずっといっしょだ。少年野球《しょうねんやきゅう》チーム『はなさきスターズ』に小《しょう》二で入団《にゅうだん》したのもいっしょだった。〝はなさき〟は、ぼくたちの住《す》んでいる花崎《はなさき》市《し》から

とったそうだ。
今日《きょう》も、となり町《まち》のチームと練習試合《れんしゅうじあい》をしての帰《かえ》りだ。
「けど、球真《きゅうま》、ほんとなにか考《かんが》えてなかった？」
圭太《けいた》が、ぼくの顔《かお》をのぞきこんでくる。
「べ、べつに。考《かんが》えることなんかないし。」
「そうかあ？　なんか悩《なや》んでるっぽいけどなぁ。
まさか、野球《やきゅう》のことじゃないよな。」
どくん。
圭太《けいた》のひと言《こと》に、
心臓《しんぞう》が大《おお》きくふるえた。
まさに、そのとおりだ。

ぼくは、野球《やきゅう》のことで悩《なや》んでいる。悩《なや》みのど真《ま》ん中《なか》にいる。

「まっ、そんなことないよな。」

圭太《けいた》が大《おお》きく伸《の》びをした。圭太《けいた》はぼくより少《すこ》し背《せ》が低《ひく》い。身体《からだ》は細《ほそ》いけれど、丸顔《まるがお》だからか、やせた感《かん》じはしない。髪《かみ》をかりこんで短《みじか》くしている。本人《ほんにん》は「野球選手《やきゅうせんしゅ》っぽく見《み》せるため。」なんて言《い》ってるけど、ほんとうは、すごいくせ毛《げ》で髪《かみ》の先《さき》がくるくる巻《ま》いちゃうからだ。

「球真《きゅうま》は来年《らいねん》五年生《ねんせい》になったらレギュラーになるの確実《かくじつ》だし、もしかしてクリーンナップ*に入《はい》れるかもしれないし、悩《なや》みなんかあるわけないか。」

圭太《けいた》は自分《じぶん》で言《い》いながら、自分《じぶん》でうんうんとうなずいてい

＊3番《ばん》、4番《ばん》、5番打者《ばんだしゃ》

る。

「いや、マジで球真《きゅうま》はすごいよなあ。うん、ほんとすごい。打《う》つのも守《まも》るのも、むちゃくちゃうまくて、すごいとしか言《い》えないもんな。」

「そんなこと……ない。」

「あるさ。監督《かんとく》も未来《みらい》のスーパースター候補《こうほ》って言《い》ってたぞ。五、六年《ねん》も『球真《きゅうま》はすごすぎて、くやしがる気《き》もおきないな。』ってさ。今日《きょう》だって、代打《だいだ》で出《で》ていきなりホームランだもんなあ。サイコーにかっこいい。」

そこで、圭太《けいた》は少《すこ》しだけ口《くち》をつぐんだ。

「え……ちがうよな。上級生《じょうきゅうせい》にイジメとかされてて、それで悩《なや》んでるんじゃないよな、球真《きゅうま》。」
「ちがう。」
信号《しんごう》がかわったので、
ぼくは横断歩道《おうだんほどう》をわたりはじめた。
圭太《けいた》はとってもいいやつで、
小《ち》さいころからずっといっしょで、
たいせつな友《とも》だちだ。
今《いま》も、ぼくのことを本気《ほんき》で
心配《しんぱい》してくれているとわかる。
なにげなさそうにきいてきたけど、
ずっとぼくのことを気《き》にしてくれていたのだ。

球真《きゅうま》のやつ、このごろ元気《げんき》がないぞ。なにか悩《なや》んでるのかな、と。

ぼくのようすがなんとなく変《へん》だと気《き》がついたのも、圭太《けいた》だからだ。ぼくとしてはだれにも気《き》づかれないように、いつもどおりにしゃべったり、笑《わら》ったり、授業《じゅぎょう》を受《う》けたり、野球《やきゅう》をしたりしていたつもりだったのに。

おさななじみの親友《しんゆう》の目《め》はごまかせなかった。

「悩《なや》みなんてないって。」

ぼくは小《ちい》さなウソをついた。

ほんとは、ある。ずっと悩《なや》んでいて、それが心《こころ》の中《なか》でどんどんふくらんでくるみたいなのだ。このままだと、いつかばくはつしちゃいそうだ。

ばくはつしたほうがいいのかなあ。

ばくはつしたら、父《とう》さんに告《つ》げられるだろうか。

父《とう》さん、ぼく、野球《やきゅう》より好《す》きなものがあるんだって。

「おーい、球真《きゅうま》、待《ま》ってくれよ。そんなに急《いそ》ぐなよ。」

圭太《けいた》が追《お》いかけてくる。にげてるわけじゃないけど、ぼくは足《あし》を速《はや》めた。圭太《けいた》ともう話《はなし》をしたくなかったし、まともに顔《かお》が見《み》られない気分《きぶん》にもなった。ウソをついちゃったからだろう。目《め》をふせたまま、ほとんどかけるように足《あし》を出《だ》す。

「うわっ。」

「あっ。」

横断歩道《おうだんほどう》をわたりきったとたん、だれかとぶつかった。

かなりの衝撃《しょうげき》が来《く》る。

肩《かた》から、グラブやスパイクを入《い》れたスポーツバッグがすべりおちた。そのまま、しりもちをつく。一瞬《いっしゅん》だけど、おしりから頭《あたま》までしびれた。

「あ、ごめん。もうしわけない。」

うでをひっぱられ、ぼくの身体《からだ》がふわっともちあがった。

すごい力《ちから》だ。

ぼくは身体《からだ》が大《おお》きいほうだ。身長《しんちょう》も体重《たいじゅう》もある。それをかるがるともちあげるなんて……。

「ほんとに、ごめんな。このあたりの道《みち》がよくわからなくて、ちゃんと前《まえ》をむいてなかったんだ。つい、あちこち見《み》まわしていて。だいじょうぶか？　どこかケガしていない？」

男《おとこ》の人《ひと》がかがみこんで、問《と》いかけてきた。ぼくにぶつかった人《ひと》だ。

大《おお》きい。

見《み》あげるような大男《おおおとこ》……とまではいかないけれど、背《せ》も高《たか》く肩《かた》はばも広《ひろ》かった。父《とう》さんより、さらに大《おお》きい。年齢《ねんれい》は、父《とう》さんより少《すこ》し若《わか》いぐらいだろうか。大人《おとな》の年《とし》はよくわからない。でも、〝おじさん〟であることは確《たし》かだ。ものの言《い》い方《かた》や動《うご》きはきびきびして若々《わかわか》しくはあるけれど、〝お兄《にい》さん〟じゃなく〝おじさん〟だ。

「いえ、だいじょうぶです。ぼくも前《まえ》を見《み》てなかったんで。すみません。」

「きみ、野球《やきゅう》をやってるんだね。」

男《おとこ》の人《ひと》が笑《わら》う。よく日《ひ》に焼《や》けているからか、歯《は》がとても白《しろ》く感《かん》じる。

あれ、この人《ひと》は？
どこかで見《み》たことがある。
どこかで会《あ》っただろうか。
いや、そうじゃなくて……。
「どこのポジション？」
「球真《きゅうま》、行《い》くぞ。
ほら、急《いそ》いでるんだろ。」
答《こた》えるより早《はや》く、
圭太《けいた》がぼくのうでをひいた。
ぼくをひきずるようにして、歩《ある》きだす。
「え？　あ、でも……。」

圭太《けいた》にひっぱられながら交差点《こうさてん》に目《め》をやる。男《おとこ》の人《ひと》は両手《りょうて》をぶらりと下《さ》げて、立《た》っていた。

「おい、圭太《けいた》、手《て》をはなせよ。どうしたんだよ、急《きゅう》に。まだ話《はな》してるとちゅうだったのに。」

「あやしい。」

「え？　あやしいって、なにが？」

「あの男《おとこ》だよ。やけに、なれなれしくって、にこにこして、ぜったいにあやしい。」

そうだろうかと、ぼくは首《くび》をかしげる。

なれなれしいというより、うれしそうだった……んじゃないか。

圭太《けいた》がすうっと声《こえ》をひそめた。

「なれなれしく近《ちか》づいてきて、情報《じょうほう》をあつめようとしているのかも。」

「情報《じょうほう》？　なんの？」

「このあたりの家《いえ》のだよ。留守《るす》になる時間帯《じかんたい》とかひとりぐらしかとか。そういうのあつめて、空《あ》き巣《す》に入《はい》りやすい家《いえ》を見《み》つけるんだ。」

「まさか。圭太《けいた》、考《かんが》えすぎ。」

圭太《けいた》がやっとはなした手《て》をなでて、ぼくは笑《わら》った。

「それに……、なんか、どこかで見《み》たことある気《き》がするんだ。あの人《ひと》。」

圭太《けいた》が立《た》ちどまる。くちびるがもごっと動《うご》いた。すごく真《しん》剣《けん》な顔《かお》つきになっている。

「それ、指名手配《しめいてはい》じゃないだろうな。」

「は？」

「市役所前《しやくしょまえ》の交番《こうばん》にあるだろう。〝この顔《かお》にビビンときたら110番《ひゃくとおばん》〟っての。まだ捕《つか》まっていない強盗《ごうとう》とか殺人犯《さつじんはん》とかの写真《しゃしん》、はりだしてあるやつ。そこで見《み》たんじゃないか。」

ビビンじゃなかった気《き》がするけど、だまっていた。圭太《けいた》は、ミステリーというのか、刑事《けいじ》や探偵《たんてい》が出《で》てきて事件《じけん》を解決《かいけつ》するマンガや物語《ものがたり》が大好《だいす》きなのだ。

歩《ある》きながら、ぼくは首《くび》を横《よこ》に振《ふ》った。そういう、アブナい方面《ほうめん》じゃなかったんだ。圭太《けいた》はちょっと不満《ふまん》そうな顔《かお》つきになった。

パンのにおいが濃《こ》くなる。マフィンの甘《あま》い香《かお》りが強《つよ》くなる。

カランとカウ・ベルの音《おと》がして、『きたざわベーカリー』のドアが開《ひら》いた。においが、香《かお》りが、すいこんだ息《いき》といっしょにぼくの内《うち》にすべりこんでくる。おなかがギュルルルッとへんてこな音《おと》を立《た》てる。ギュルルルッ。横《よこ》で圭太《けいた》のおなかも鳴《な》っている。

「あら、おかえり。遅《おそ》かったわね。」

白《しろ》いエプロンをつけた母《かあ》さんが出《で》てきて、ぼくたちに笑《わら》いかけた。店《みせ》の前《まえ》の花《か》だんに水《みず》をやるつもりらしい。手《て》には青《あお》いじょうろをにぎっていた。

「ちょうどよかった。マフィンが焼《や》きあがったとこよ。圭《けい》ちゃん、食《た》べて帰《かえ》りなさいよ。」

「えっ、いいんですか。」

「もちろん。えんりょなんかしなくていいよ。なによ、この間《あいだ》まで『おばちゃん、パン、食《た》べさせて。』なんて平気《へいき》で

言《い》ってたくせに。『いいんですか。』
だって。圭《けい》ちゃんも大《おお》きくなったね。」
母《かあ》さんがくすくす笑《わら》う。それから、
店《みせ》に入《はい》れと手《て》まねきをした。
「ほんと言《い》うと、もうすぐ父《とう》さんのお客《きゃく》さんが来《こ》られるの。
だから、少《すこ》しの間《あいだ》だけどお店《みせ》を閉《し》めちゃうの。早《はや》く入《はい》って。」
父《とう》さんにお客《きゃく》さん？　わざわざ店《みせ》を閉《し》めるような人《ひと》が来《く》
る？　だれだろう。
ぼくと圭太《けいた》がカフェコーナーのカウンター席《せき》にすわると、
父《とう》さんが厨房《ちゅうぼう》からマフィンを運《はこ》んできてくれた。プレーンと
チョコが二つずつだ。

「うわっ、すげえ。こんなに食《た》べていいの、おじさん。」

圭太《けいた》がイスの上《うえ》でバンザイをする。

「いいさ。試合《しあい》の後《あと》、どれだけ腹《はら》がへるか、よくわかってるからな。練習《れんしゅう》のときよりずっとへるだろう。」

「やった、やったーっ。さすが、野球《やきゅう》の先輩《せんぱい》だ。おじさん、ありがとう。」

圭太《けいた》はマフィンにかぶりついて、ひと口《くち》で半分《はんぶん》ぐらい食《た》べてしまった。

「うんうん、いい食《た》べっぷりだ。たのもしいな、圭太《けいた》。」

「うん。野球《やきゅう》じゃ球真《きゅうま》にかなわないけど、食《た》べるほうなら勝《か》てる自信《じしん》あり。けど、球真《きゅうま》、ほんとにすごいんだ。今日《きょう》だって四年生《ねんせい》で一人《ひとり》だけ、試合《しあい》に出《で》たんだよ。代打《だいだ》だけどさ。」

「ほう、代打《だいだ》で出《だ》してもらったのか、球真《きゅうま》。」

「おじさん、出《で》ただけじゃないんだよ。ホームランをかっ飛《と》ばしたんだ。」

「ホームランを？　そうか、それは見《み》たかったな。」

「来週《らいしゅう》、『キャットドリームズ』との試合《しあい》があるから、来《き》たらいいよ。球真《きゅうま》、もしかしてスタメン出場《しゅつじょう》かも。なんてったって、代打《だいだ》ホームランなんだから。」

ぼくは、思《おも》いっきり顔《かお》をしかめてみせた。

「あっちのピッチャーが四年生《ねんせい》だと思《おも》ってなめてたんだよ。ボールがまっすぐに、真《ま》ん中《なか》に入《はい》ってきたんだから……。」

「だからって打《う》てるもんじゃないだろう。球真《きゅうま》、打《う》つのも守《まも》るのもバツグンだし、きっと甲子園《こうしえん》とか行《い》けるんだろうなあ。プロにだってなれるよな。」

ぼくは圭太《けいた》に目《め》くばせした。

もう、いいよ。調子《ちょうし》にのるな。

だまってろ。

でも、圭太《けいた》は気《き》がつかない。

マフィンを食《た》べては、しゃべりつづけている。

「東京大会《とうきょうたいかい》みたいにオリンピックの種目《しゅもく》に野球《やきゅう》があったら、球真《きゅうま》はぜったいにえらばれるだろうな。野球《やきゅう》のオリンピック選手《せんしゅ》。日本代表《にっぽんだいひょう》。かっこいいーっ。」

「日本代表《にっぽんだいひょう》か。そうだな、かっこいいな。」
父《とう》さんが目《め》を細《ほそ》めた。
ぼくは、マフィンを食《た》べるふりをして
父《とう》さんから視線《しせん》をそらす。
「おれは、とちゅうで
野球《やきゅう》をあきらめちゃったからな。
球真《きゅうま》がずっと野球《やきゅう》を
つづけてくれたらうれしいな。」
「つづけるなんてもんじゃないよ、
おじさん。甲子園出場《こうしえんしゅつじょう》、
プロ野球選手《やきゅうせんしゅ》、

そして、日本代表《にっぽんだいひょう》だぁ。

全日本《ぜんにほん》の四番《よばん》、北沢球真《きたざわきゅうま》。

かっこよすぎ。

でも、ほんとうにそうなるような気《き》がする。

よーし、どこの国《くに》のオリンピックでも、
おうえんに行《い》っちゃうぞ。」

ぼくは本気《ほんき》で圭太《けいた》をけとばしたくなった。

ぼくは甲子園《こうしえん》に出《で》たいわけじゃない。プロ野球《やきゅう》の選手《せんしゅ》になりたいわけじゃない。オリンピック選手《せんしゅ》になりたいわけでもない。ぼくがなりたいのは……。

カラン、コロン。

ドアにとりつけたカウ・ベルが鳴《な》る。

「うわっ。」

振《ふ》りむいた圭太《けいた》が大声《おおごえ》をあげた。

「追《お》いかけてきた。」

ドアを開《あ》けて、背《せ》の高《たか》い男《おとこ》の人《ひと》が入《はい》ってきた。さっき、ぶつかった人《ひと》だ。ぼくが立《た》ちあがるのと、父《とう》さんが「長谷《はせ》部《べ》。」とさけぶのは、ほぼ同時《どうじ》だった。

長谷部《はせべ》？　はせべ、はせべ……。

「あっ、そうだ。長谷部徹《はせべとおる》だ。」

ぼくは右手《みぎて》にマフィンをもったまま、左手《ひだりて》で男《おとこ》の人《ひと》、長谷《はせ》部徹《べとおる》を指差《ゆびさ》していた。

「こらっ、球真《きゅうま》、呼《よ》びすてにするのも指差《ゆびさ》すのも失礼《しつれい》だぞ。」
父《とう》さんがにらんでくる。

「あ、ごめんなさい。でも、びっくりして。どうして、長谷《はせ》部《べ》徹《とおる》……さんがうちに？」

「ええっ、長谷《はせ》部《べ》徹《とおる》って、あの長谷《はせ》部《べ》徹《とおる》？」

圭太《けいた》が二度《ど》も呼《よ》びすてにする。口《くち》のはしから、マフィンのかけらがぽろりと落《お》ちた。

「おまえ、失礼《しつれい》のうえにぎょうぎが悪《わる》すぎるな。」

父《とう》さんが顔《かお》をしかめたまま笑《わら》った。

長谷部徹《はせべとおる》は、二、三年前《ねんまえ》にプロ野球《やきゅう》を引退《いんたい》した選手《せんしゅ》だ。ぼくは、あまりよく知《し》らないけれど、現役時代《げんえきじだい》はスラッガー*で有名《ゆうめい》だったらしい。デッドボールがもとで肩《かた》を故障《こしょう》して、早《はや》くに引退《いんたい》をしなくちゃならなくなったそうだ。ぼくや圭太《けいた》が

＊強打者《きょうだしゃ》のこと

その名前《なまえ》を知《し》っているのは、よく見《み》るスポーツ番組《ばんぐみ》に、ときどきコメンテーターで出演《しゅつえん》していたり、プロ野球《やきゅう》の解説者《かいせつしゃ》であったりしたからだ。そして、なによりオリンピック、日本《にっぽん》代表《だいひょう》チームのコーチにえらばれたからだった。

でも、どうして長谷部徹《はせべとおる》……長谷部《はせべ》さんが、この店《みせ》に現《あらわ》れたんだろう。

と、ぼくが目《め》をぱちくりしていたら、長谷部《はせべ》さんが父《とう》さんのほうに手《て》を差《さ》しだした。

「北沢先輩《きたざわせんぱい》、おひさしぶりです。」

「うん。ほんとうだ。ひさしぶりだな、徹《とおる》。」

父《とう》さんと長谷部《はせべ》さんが、がっちりと握手《あくしゅ》をする。

ええっ、父《とう》さんが長谷部《はせべ》さんと知《し》り合《あ》い？　そんなこと、
一度《いちど》も聞《き》いたことなかった。

ほんとうに、おどろいてしまう。こんなにおどろいたのは、生《う》まれてはじめてだ。

どんな顔《かお》をしていたんだろう。父《とう》さんが、ふきだした。

「球真《きゅうま》、目《め》も口《くち》もまんまるになってるぞ。そんなにびっくりしたか。」

「うん。ものすごくびっくりした。」

「ははは、じつは徹《とおる》とは高校時代《こうこうじだい》にいっしょに野球《やきゅう》をした仲《なか》なんだ。まあ、そのころから、こいつはすごい選手《せんしゅ》で、がんがん打《う》ってた。甲子園《こうしえん》に行《い》けなかったのは残念《ざんねん》だったが、徹《とおる》がプロでかつやくしてくれたのは、ほんとうれしかったな。」

「先輩《せんぱい》のおかげですよ。スランプで苦《くる》しんでいたとき、いろいろアドバイスをくれて、練習《れんしゅう》にもずっとつきあってくれて……あのとき、先輩《せんぱい》から教《おし》えられたことが、ずっとささえになりました。プロに入《はい》ってからもですよ。」

「おいおい、おおげさだぞ。おまえはプロの選手《せんしゅ》でスターだったじゃないか。おれみたいに、野球《やきゅう》をあきらめた者《もの》とはレベルがぜんぜんちがう。教《おし》えられることなんかあるわけないさ。長谷部徹《はせべとおる》といっしょに野球《やきゅう》してたんだぞって、ほんとうは家族《かぞく》にもじまんしたかったんだけどな。おまえが、あんまりすごいから、言《い》いづらくてだまってたんだ。」

ははは、と父《とう》さんが笑《わら》った。少《すこ》し、さみしげな笑《わら》い方《かた》だった。

「いや、おおげさじゃないです。先輩《せんぱい》にはほんと助《たす》けられました。いろいろ悩《なや》んだり、迷《まよ》ったりするたびに、先輩《せんぱい》のひと言《こと》を思《おも》いだしてきたんです。」

長谷部《はせべ》さんは、とてもまじめな顔《かお》でそう言《い》った。そこに母《かあ》さんが、コーヒーを運《はこ》んできた。きんちょうしているのか、指先《ゆびさき》がふるえている。いつの間《ま》にか、ドアのブラインドもおりていた。『きたざわべーカリー』は一時《いちじ》、休業《きゅうぎょう》だ。まあ、そうしないと、ちょっとした騒《さわ》ぎになるだろう。『きたざわべーカリー』で長谷部徹《はせべとおる》がコーヒー飲《の》んでるなんて、だれも思《おも》わないものなあ。

ぼくと圭太《けいた》は、あらためてあいさつをした。長谷部《はせべ》さんは父《とう》さんにしたように、ぼくたちとも握手《あくしゅ》をしてくれた。とても大《おお》きくて、かたくて、あたたかな手《て》だ。

「球真《きゅうま》くんも野球《やきゅう》をしてるんだよね。」

「はい。」

「球真《きゅうま》はすごいんです。四年生《ねんせい》なのに、六年《ねん》のピッチャーからホームランを打《う》ったんです。」

圭太《けいた》が、自分《じぶん》のことのように得意《とくい》げに告《つ》げた。長谷部《はせべ》さんが、ふっと笑《わら》う。

「そうか。バッティングセンスはお父《とう》さんゆずりなんだな。」

「いやあ、おれみたいにとちゅうで野球《やきゅう》をあきらめてほしくないな。似《に》ないでもらいたいよ。」

長谷部《はせべ》さんが、ぼくをじっと見《み》つめた。

「球真《きゅうま》くんは野球《やきゅう》が好《す》きなの？」

そんな質問《しつもん》をされるとは思《おも》っていなかった。ぼくは目《め》をふせ、答《こた》えた。

「はい、好《す》きです。」

ウソじゃない。野球《やきゅう》は好《す》きだ。

でも、野球《やきゅう》よりもっと好《す》きなものが、ある。

「ところで、徹《とおる》、いったいどうしたんだ。急《きゅう》に会《あ》いたいなんて連絡《れんらく》してきて。なにかあったのか。いや、会《あ》いに来《き》てくれたのは、うれしいんだが。」

「いえ……ちょっと弱気《よわき》になってしまって。先輩《せんぱい》の顔《かお》が見《み》たくなったんです。」

「弱気《よわき》？」

「おれ、オリンピックのチームでコーチをひきうけたんです。」

「ああ、知《し》ってる。ニュースで見《み》たよ。」

「ひきうけたのはいいけれど、自分《じぶん》がどこまで指導者《しどうしゃ》としてやっていけるのか、自信《じしん》がなくなって……。まわりからメダル、メダルとさわがれると、よけいに不安《ふあん》になって。選手《せんしゅ》のときは、あれほどプレッシャーに強《つよ》かったのに、指導者《しどうしゃ》になったら押《お》しつぶされそうな感《かん》じがして……。野球《やきゅう》そのものがいやになりそうで、悩《なや》んでたんです。そしたら、ふっと先《せん》輩《ぱい》に会《あ》いたくなってしまって……。でも、もういいです。」

「もう、いいのか。」

「ええ、もういいです。先輩《せんぱい》に会《あ》って、先輩《せんぱい》の言葉《ことば》をあらためて思《おも》いだして、なんだかすっきりしました。おれ、やっぱり野球《やきゅう》が好《す》きです。一生《いっしょう》、野球《やきゅう》にかかわって生《い》きていきたいです。その気持《きも》ちが、はっきりわかりました。」

そこで、長谷部《はせべ》さんは、ははは、と笑《わら》い声《ごえ》をあげた。それから、

「なんか、また、先輩《せんぱい》に助《たす》けてもらったな。ここに来《き》て、よかった。」

と、大《おお》きく伸《の》びをして、また、笑《わら》った。

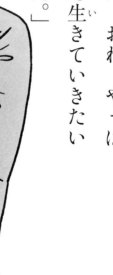

三十分《ぷん》ほど話《はなし》をして、長谷部《はせべ》さんは帰《かえ》っていった。

帰《かえ》るまぎわ、父《とう》さんが厨房《ちゅうぼう》にひっこんだとき、ぼくは長谷《はせ》部《べ》さんにたずねた。

長谷部《はせべ》さんをささえた父《とう》さんのひと言《こと》って、なんだったんですかと。

長谷部《はせべ》さんは、しばらくぼくを見《み》つめて、しずかに言《い》った。

「自分《じぶん》を信《しん》じろ。おまえの決《き》めた道《みち》なら、ぜったいにまちがっていない。」

「自分《じぶん》を信《しん》じろ……。」

「そうさ。自分《じぶん》で決《き》めた道《みち》ならまちがいじゃないんだ。球真《きゅうま》くんも信《しん》じてすすめよ。」

長谷部《はせべ》さんの手《て》がぼくの肩《かた》をぽんとたたいた。

父《とう》さんが、マフィンの箱《はこ》を手《て》に厨房《ちゅうぼう》から出《で》てくる。

「おれのマフィンだ。食《た》べてくれ。」

「ありがとうございます。最高《さいこう》のみやげだ。」

長谷部《はせべ》さんはほんとうにうれしそうに、ほほえんだ。

「父《とう》さん。」

夜《よる》七時《じ》。お店《みせ》を閉《し》めて、厨房《ちゅうぼう》のそうじをはじめた父《とう》さんに話《はな》しかける。

「どうした？　早《はや》く、風呂《ふろ》に入《はい》れよ。風呂《ふろ》あがりのストレッチを忘《わす》れるな。」

「父《とう》さん、ぼく、野球《やきゅう》好《す》きだよ。」

「うん？　いまさら、どうしたんだ。」

「野球《やきゅう》、好《す》きだ。だから、中学《ちゅうがく》でも高校《こうこう》でも野球《やきゅう》をつづけたい。でも、でも……その後《あと》は。」

ごくり。つばをのみこむ。

「パンを焼《や》く人《ひと》になりたいんだ。」

父《とう》さんがまばたきする。ぼくをじいっと見《み》つめる。

「好《す》きなんだ。じいちゃんの、父《とう》さんのパンが大好《だいす》きなんだ。だから、じいちゃんや父《とう》さんみたいになりたいんだよ。ずっとそう思《おも》ってきた。」

ぼくは、じいちゃんの焼《や》いたパンが、
父《とう》さんの作《つく》ったマフィンやクッキーが、
大大大好《だいだいだいす》きだ。じいちゃんが亡《な》くなる前《まえ》、
眠《ねむ》りつづけるじいちゃんの耳《みみ》に、
ぼくはささやいた。
「大《おお》きくなったら、
じいちゃんみたいになる。
パン屋《や》さんになるんだ。」
じいちゃんの指《ゆび》がぴくっと動《うご》いた。
ほんとうに動《うご》いたんだ。
あのとき、はっきりわかった。

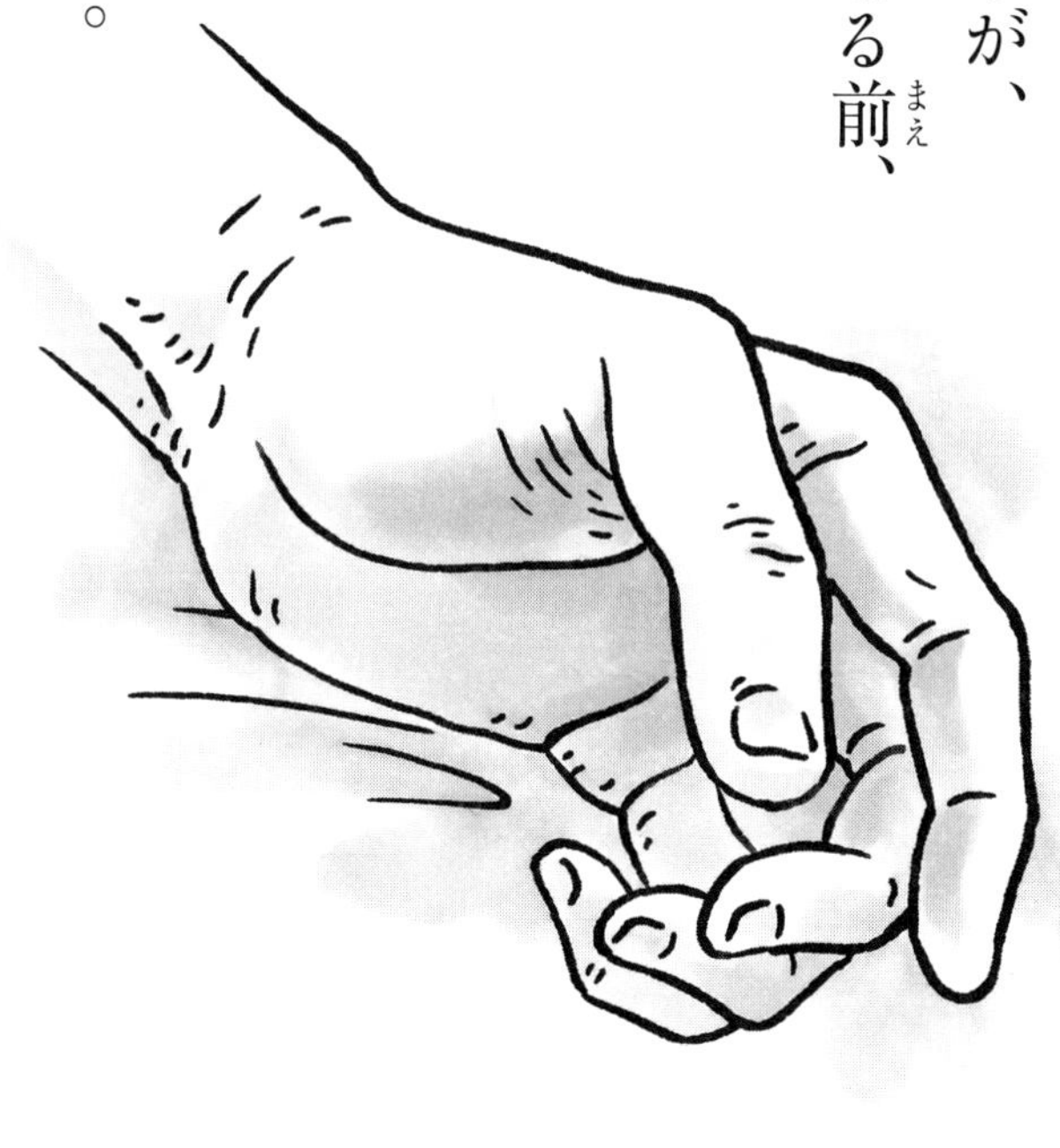

ぼくがなりたいものは、パン屋《や》なんだ、と。

「じいちゃんや父《とう》さんみたいに、なりたい。」

ほかほかのおいしいパンを焼《や》く。みんなが、幸《しあわ》せそうに笑《わら》ってくれる。「おいしいね。」と言《い》ってくれる。粉《こな》をまぜて、生地《きじ》をこねて、一つ《ひと》一つ《ひと》、ていねいに作《つく》っていくんだ。

父《とう》さんが白《しろ》いキャップをとった。それをぎゅっとにぎる。

「知《し》らなかった。おまえがそんなこと考《かんが》えてたなんて……。」

「父《とう》さん。」

「ともかく、早《はや》く風呂《ふろ》に入《はい》れ。」

それだけ言《い》って、父《とう》さんはぼくに背《せ》をむけた。

「球真《きゅうま》、行《い》くぞ。用意《ようい》はできているな。」

監督《かんとく》が振《ふ》りむく。ぼくは、大《おお》きくうなずいた。

日曜日《にちようび》の午後《ごご》、二時《じ》ちょうどに練習試合《れんしゅうじあい》がはじまってから、一時間《じかん》ほどがたっていた。

相手《あいて》の『キャットドリームズ』は、県内《けんない》でも一《いち》、二《に》をあらそう強《つよ》いチームだ。今《いま》まで、『はなさきスターズ』が勝《か》ったことは一度《いちど》もない。

今日《きょう》も負《ま》けている。

六回《かい》を終《お》わって、三対《たい》一のスコアーだ。でも、最終回《さいしゅうかい》の七回表《かいおもて》に五番《ばん》の藤木《ふじき》さんがヒット、六番《ばん》の水沼《みずぬま》さんがフォアボールで塁《るい》に出《で》た。ところが、七番《ばん》の河本《かわもと》さんはキャッチャーフライに、八番《ばん》の村中《むらなか》さんはセカンドゴロに打《う》ちとられてしまった。ツーアウト一塁《るい》二塁《るい》。そのとき、監督《かんとく》が振《ふ》りむいたのだ。

「球真《きゅうま》、行《い》くぞ。用意《ようい》はできているな。」

もちろん、できている。

ずっと素振《すぶ》りをしていたから、
身体《からだ》はぽかぽかして、
とても軽《かる》かった。

監督《かんとく》が審判《しんぱん》にぼくの代打《だいだ》を告《つ》げる。

「球真《きゅうま》、かっ飛《と》ばせ。」

圭太《けいた》たちのおうえんを聞《き》きながら、ぼくは打席《だせき》に入《はい》った。

ちらりとまわりを見《み》まわす。

校庭《こうてい》の桜《さくら》の木《き》の下《した》にも、バックネットの後《うし》ろにも、校門《こうもん》のあたりにも父《とう》さんはいなかった。日曜日《にちようび》は店《みせ》はお休《やす》みだ。だから、日曜日《にちようび》の試合《しあい》は、たいてい見《み》に来《き》ていた。ぼくが出場《しゅつじょう》しなくても、試合《しあい》の最後《さいご》まで見《み》ていてくれたのだ。

今日《きょう》はいない。

胸《むね》がちょっと重《おも》くなる。この一週間《しゅうかん》、父《とう》さんはいつもとかわらなかった。でも、やっぱりショックだったんだろうか。だから、今日《きょう》は試合《しあい》を見《み》に来《こ》なかったんだろうか。

ぼくは、顔《かお》をあげて相手《あいて》ピッチャーを見《み》つめる。

今《いま》は試合中《しあいちゅう》だ。集中《しゅうちゅう》しなくちゃ。あのピッチャーの投《な》げこんでくるボールをどう打《う》ちかえすか、それだけに集中《しゅうちゅう》しなくちゃ。

ボールが低《ひく》めに入《はい》ってきた。

かなりのスピードだ。

「ストライク。」

審判《しんぱん》のコールが耳《みみ》に響《ひび》く。急《きゅう》に心臓《しんぞう》がどきどきしてきた。

コントロールもいいし、スピードもあるボールだ。さすが、キャットドリームズのエースだ。

二球目《きゅうめ》も低《ひく》めぎりぎりにまっすぐなボールが飛《と》びこんできた。バットを振《ふ》ったけれど、空振《からぶ》りだった。どきどきがさらに強《つよ》くなる。

ぼくは、大《おお》きく息《いき》をすってほんの少《すこ》しの間《あいだ》、目《め》を閉《と》じた。

パンを思《おも》いだす。じいちゃんが焼《や》いたロールパン、父《とう》さんが作《つく》ったマフィンや食《しょく》パン。どんなときも、食《た》べると元気《げんき》が出《で》てくる。うれしくなる。

気持《きも》ちがすうっとおちついた。

三球目《きゅうめ》は、外角高《がいかくたか》めに外《はず》れた。わざと、外《はず》したのだ。そして、四球目《きゅうめ》。ぼくが打《う》てないと思《おも》ったのか、一球目《きゅうめ》、二球目《きゅうめ》と同《おな》じ低《ひく》めにボールが入《はい》ってきた。

思《おも》いっきりバットを振《ふ》る。

カーンと音《おと》がして、ボールが外野《がいや》へと飛《と》んでいく。

やった。これで一塁《るい》と二塁《るい》のランナーがかえってくる。

同点《どうてん》だ。ホームランなら逆転《ぎゃくてん》だ。ぼくは、一塁《るい》にむかって全《ぜん》力《りょく》で走《はし》った。しかし、『キャットドリームズ』のセンターは、足《あし》が速《はや》かった。ボールを追《お》って下《さ》がると、うでをいっぱいに伸《の》ばしてキャッチしたのだ。

センターフライ。ゲームセット。

ぼくたちは負《ま》けてしまった。

「いい当《あ》たりだったのに残念《ざんねん》だったなあ。あっちのセンター、うますぎるよ。」

圭太《けいた》がなぐさめてくれる。

「うん。」とぼくは答《こた》えたけれど、いい当《あ》たりでなかったのは、わかっていた。打《う》ったとき、手《て》のひらが少《すこ》しだけしびれ

たのだ。

「あれ？　球真《きゅうま》。

あれ、おじさんじゃないか？」

「え？」

「ほら、箱《はこ》をもってこっちに来《き》てる。どうしたんだろう。」

父《とう》さんだ。父《とう》さんはパンの配達用《はいたつよう》の大《おお》きな箱《はこ》を二つもかかえ、急《いそ》ぎ足《あし》で近《ちか》づいてきた。

「試合《しあい》、終《お》わっちゃったのか。でも、ぎりぎり間《ま》に合《あ》ったかな。」

父《とう》さんはバックネット横《よこ》のベンチに箱《はこ》をおいた。

いいにおいがする。とてもいいにおいだ。

「焼《や》きたてのマフィンです。差《さ》し入《い》れにもってきました。子《こ》どもたちに食《た》べてもらいたくて。」

父《とう》さんは監督《かんとく》に、ぺこりと頭《あたま》を下《さ》げた。

みんなが歓声《かんせい》をあげる。

「一箱《ひとはこ》は相手《あいて》チームの分《ぶん》だから、むこうに配《くば》ってくるよ。」

「いやあ、これはごちそうだ。北沢《きたざわ》さん、すみませんねえ。」

監督《かんとく》が帽子《ぼうし》をとって、にっこりと笑《わら》った。

「野球少年《やきゅうしょうねん》たちに食《た》べてもらいたくて……。じつは、監督《かんとく》、息子《むすこ》がわたしの焼《や》いたパンが好《す》きだと言《い》ってくれたんですよ。」

「ほう、そりゃあ最高《さいこう》じゃないですか。」

「最高《さいこう》です。その言葉《ことば》を思《おも》いかえしているうちに、じんわり

うれしくなって、それで、みんなにどうしても食《た》べてもらいたくなったんです。」

父《とう》さんはぼくにむかって、ほほえんだ。

「ありがとうな、球真《きゅうま》。よくつたえてくれたな。」

「父《とう》さん。」

「けど、パンのプロになるのも野球《やきゅう》のプロになるのも、同《おな》じくらいむずかしいからな。」

ぼくはまだあたたかいマフィンを手《て》に、父《とう》さんを見《み》あげていた。

『球真《きゅうま》くん、ファインプレーだったな。』

長谷部《はせべ》さんの声《こえ》が聞《き》こえた気《き》がした。

野球《やきゅう》のまめちしき

オリンピックをもっとたのしむために

野《や》球《きゅう》って、どんなスポーツ？

「カキーーン！」

快音《かいおん》とともに、球真《きゅうま》の打《う》ったボールが青空《あおぞら》にむかってグングン伸《の》びていくようすが、目《め》にうかんできますね。

国民的《こくみんてき》な人気《にんき》スポーツとして多《おお》くのファンに愛《あい》される野球《やきゅう》は、明治時代《めいじじだい》にアメリカからつたわりました。

ルールはちょっとふくざつですが、基本《きほん》は9人《にん》ずつの2チームで攻撃《こうげき》と守備《しゅび》を交互《こうご》におこない、たくさん点《てん》をとったほうが勝《か》つゲームです。

グラウンドでは、左図《さず》のように守備側《しゅびがわ》の選手《せんしゅ》が位置《いち》につき、ピッチャーと攻撃側《こうげきがわ》のバッターが対戦《たいせん》します。さきに攻《せ》めるチームを「先攻《せんこう》」、あとから攻《せ》めるチームを「後攻《こうこう》」といい、表《おもて》と裏《うら》の攻防《こうぼう》を9回《かい》くりか

えします。（小《しょう》、中学生《ちゅうがくせい》の正式試合《せいしきじあい》は7回《かい》）
1回《かい》で3《スリー》アウトをとられたら、攻撃《こうげき》が終了《しゅうりょう》。3《スリー》アウトになるまでに、ヒットやホームランを打《う》つなどして、出塁《しゅつるい》したバッターがホームに帰《かえ》ってくると得点《とくてん》になります。

「侍《さむらい》ジャパン」の愛称《あいしょう》で 世界《せかい》の強豪国《きょうごうこく》に

日本《にっぽん》は、ナショナルチーム同士《どうし》の公開競技《こうかいきょうぎ》としておこなわれた1984年《ねん》のロサンゼルス大会《たいかい》で、開催国《かいさいこく》のアメリカを倒《たお》して金《きん》メダルを獲得《かくとく》。初代《しょだい》チャンピオンにかがやきました。

2000年《ねん》のシドニー大会《たいかい》からは、プロ野球選《やきゅうせん》

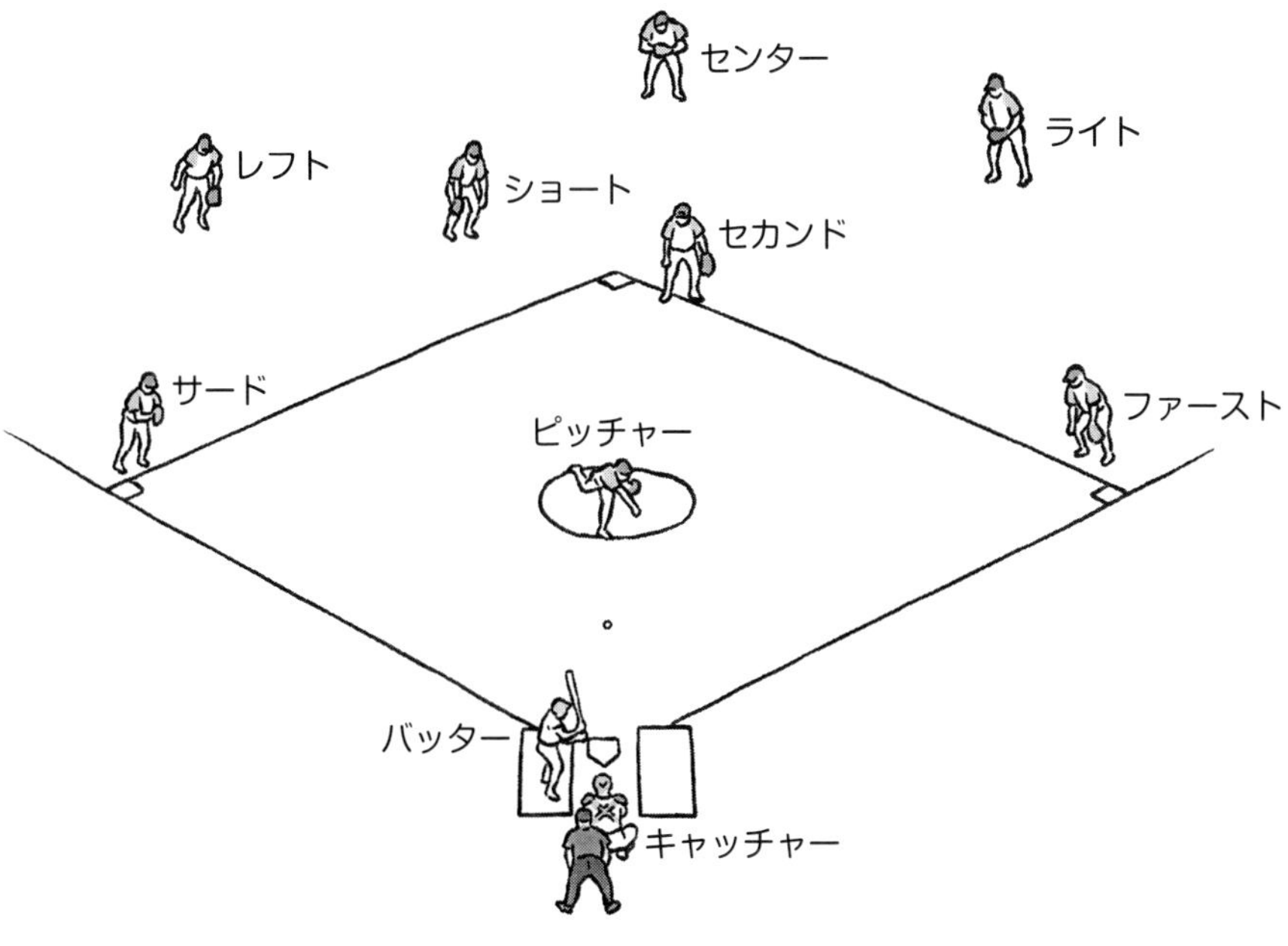

手《しゅ》の参加《さんか》が可能《かのう》となりました。2020年《ねん》の東京《とうきょう》オリンピック予選《よせん》をかねた「WBSC《ダブリュービーエスシー》プレミア12《トウエルブ》」でも優勝《ゆうしょう》をはたした「侍《さむらい》ジャパン」は、野球《やきゅう》の強豪国《きょうごうこく》として世界《せかい》の国々《くにぐに》からマークされています。

オリンピックを見《み》るときのポイントは？

野球《やきゅう》の魅力《みりょく》を知《し》るには、じっさいに球場《きゅうじょう》へ行《い》って観《かん》戦《せん》してみるのがいちばんです。

ピッチャーとバッターの距離《きょり》は、18・44m《メートル》。ピッチャーはバッターと一球一球《いっきゅういっきゅう》かけひきをしながら、剛《ごう》速球《そっきゅう》や大《おお》きく曲《ま》がる変化球《へんかきゅう》を投《な》げます。

バッターは球種《きゅうしゅ》を見《み》きわめ、バットを振《ふ》ってボール

を打《う》ちかえします。はじめて見《み》る人《ひと》は、「あんなに小《ちい》さい球《たま》に、よくバットを当《あ》てることができるな。」とおどろくでしょう。フィールドに飛《と》んだゴロを華麗《かれい》にさばく内野手《ないやしゅ》、ベースをかけぬけるランナー、フライをダイビングキャッチする外野手《がいやしゅ》、本塁上《ほんるいじょう》でのクロスプレー……。スピード感《かん》あふれる選手《せんしゅ》たちの動《うご》きに、一瞬《いっしゅん》たりとも目《め》がはなせないと思《おも》います。

　また野球《やきゅう》は、どのスポーツにくらべてもドラマがおこりやすい競技《きょうぎ》です。一つのプレーでいっきに試合《しあい》の流《なが》れがかわってしまうこともあり、「最後《さいご》のアウトをとるまでは何《なに》がおこるかわからない」といわれます。

　オリンピックともなれば、国《くに》の威信《いしん》をかけた真剣勝負《しんけんしょうぶ》。一《いち》流選手《りゅうせんしゅ》のスーパープレーと白熱《はくねつ》した試合展開《しあいてんかい》にわくわく、ドキドキしながら、野球《やきゅう》というスポーツのすばらしさを実感《じっかん》できるでしょう。

※2020年《ねん》の東京《とうきょう》パラリンピックでは、野球《やきゅう》の競技《きょうぎ》は行《おこな》われません。

あさのあつこ

岡山県生まれ。1997年、『バッテリー』（教育画劇）で第35回野間児童文芸賞を受賞。2005年、『バッテリー』全6巻で第54回小学館児童出版文化賞を受賞した。著書に『The MANZAI』（ポプラ社）、「テレパシー少女『蘭』事件ノート」シリーズ（講談社青い鳥文庫）、「NO.6」シリーズ、「X-01」シリーズ（ともに講談社YA! ENTERTAINMENT）など多数。

黒須高嶺｜くろすたかね

1980年生まれ。埼玉県出身。イラストレーター。手がけた作品に、「あぐり☆サイエンスクラブ」シリーズ、『幽霊少年シャン』（ともに新日本出版社）、『ふたりのカミサウルス』（あかね書房）、『1時間の物語』『冒険の話 墓場の目撃者』（ともに偕成社）、『くりぃむパン』『自転車少年』（ともにくもん出版）、『五七五の夏』『ツクツクボウシの鳴くころに』（ともに文研出版）、『日本国憲法の誕生』（岩崎書店）、『こうちゃんとぼく』（講談社）などがある。

ブックデザイン／脇田明日香
巻末コラム／編集部
イラスト取材協力／ブーランジェリー アボンリー

スポーツのおはなし　野球《やきゅう》

ぼくだけのファインプレー

2020年 2月17日　第1刷発行
2024年11月18日　第2刷発行

作　あさのあつこ
絵　黒須高嶺《くろすたかね》
発行者　安永尚人
発行所　株式会社講談社　KODANSHA
〒112-8001 東京都文京区音羽2-12-21
電話　編集 03-5395-3535　販売 03-5395-3625　業務 03-5395-3615
印刷所　共同印刷株式会社
製本所　島田製本株式会社

N.D.C.913 79p 22cm © Atsuko Asano / Takane Kurosu 2020 Printed in Japan ISBN978-4-06-518329-8

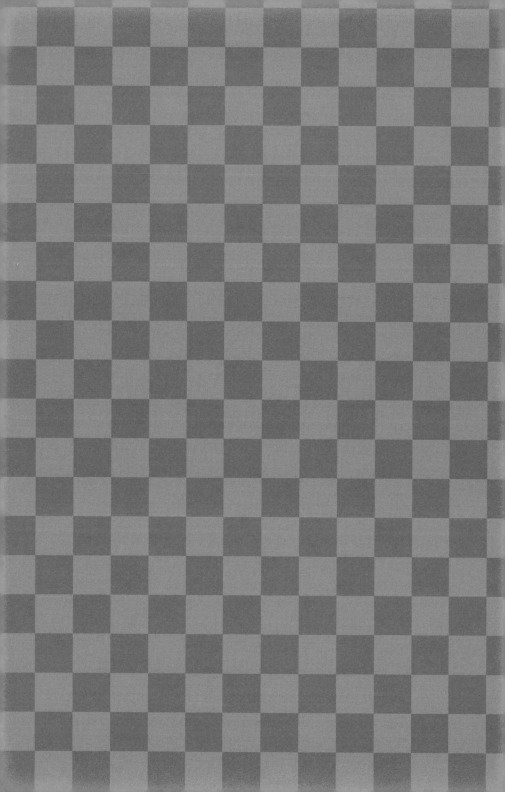